SEGUNDO

EU ME CHAMO ANTÔNIO

intrínseca

SEGUNDO EU ME CHAMO ANTÔNIO

PEDRO GABRIEL

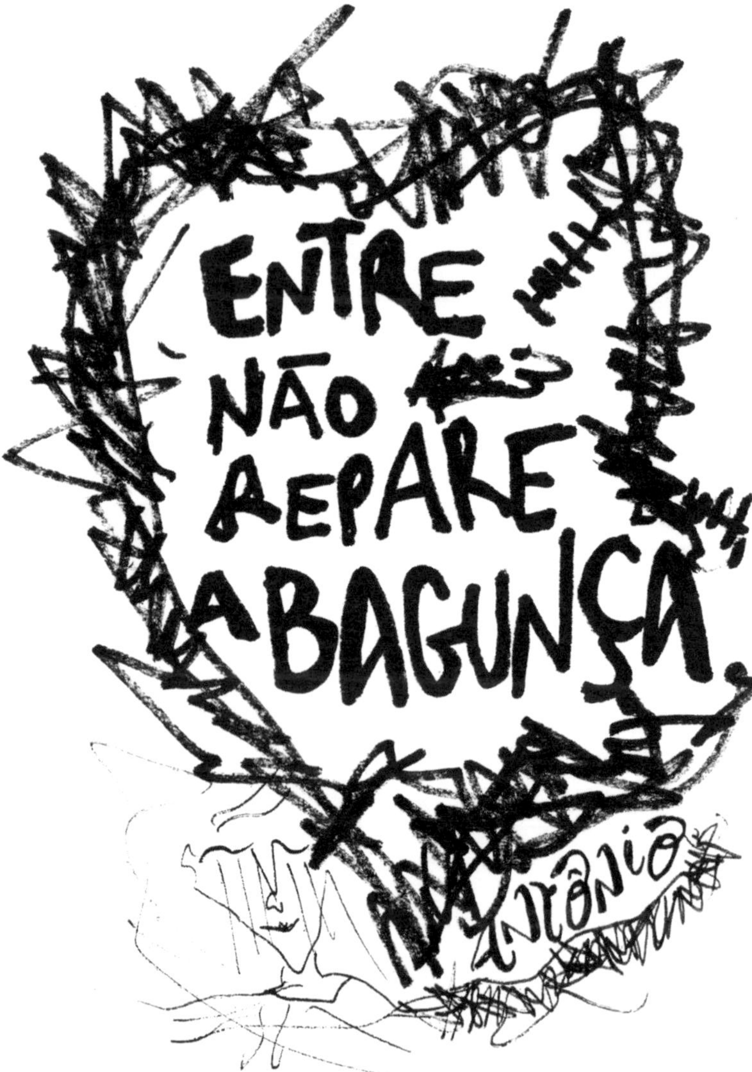
ENTRE
NÃO
REPARE
A BAGUNÇA.
ANTÔNIO

EU ME CHAMO ANTÔNIO e é aqui que nascem todos os meus silêncios. Aqui, ondc tudo gira, gira, gira, e se evapora calmamente feito a fumaça das mais belas lembranças. Aqui nesse meu mundo mudo onde girafas falam de amor, bailarinas beijam palhaços, marinheiros oram por um deus qualquer e poetas, ah poetas!, escrevem rimas bonitas em guardanapos imundos e mudos. Aqui gritos grudam no concreto à espera de afeto. Sonhos dormem na cama ao lado e esperam uma fina camada de realidade para ouvir a renúncia exata de cada palavra. Meu silêncio cresce entre quadros e paredes. Ganha voz entre quatro paredes, desatando nós setecentas mil vezes. Escapa pela minha traqueia, pela minha sede de dizer – nunca!; pela minha fome de amar – sempre! Ele caminha pela falada da noite, anda calado a lado com o medo de ser quebrado, e parece gritar em surdina: Antônio, seus amores vazios vazaram para dar voz e vazão aos seus silêncios.

Admito. Às vezes a minha letra perde um pouco da sobriedade. Por isso, coloquei no final do livro a legenda de todos os meus escritos.

Verso
Vazio

SEGUNDO
TEMPO
SILÊNCIO
GRITOS
SUFOCO
ANTÔNIO 2014

POETA É
FEITO DE SI
E SILÊNCIO

ANOITECEU
A LUA

ACONTECE QUE, QUANDO ANOITECE, O DIA SE ABASTECE DE "AÍ, SE EU PUDESSE"

PRECISEI ABASTECER A SUA AUSÊNCIA tecendo seu retrato nas linhas confusas da imaginação, no pano impreciso das minhas mais belas lembranças. Tive que bordar em letras miúdas a grandeza da saudade. E seus olhos puderam ler: “Eu te amo não é eu te tenho”.

O FIM
É SEMPRE
DE QUEM
DIZ.
QUEM
OUVE,
CONTINUA.

VIDE:
O AMOR
TAMBÉM SE
DIVIDE.

SE VOCÊ ME
FOSSE,
EU TE
LOTARIA

SE A CHUVA
SE FOSSE
QUEM A
FICARIA?

CÉU CINZA
NUVENS NEGRAS
NOITE EM BRANCO
AINDA ASSIM
TUDO AZUL
PORQUE EU TE AMO.

PENSAR EM VOCÊ É UMA TEMPESTADE.
NÃO PENSAR CONSEGUE SER PIOR.

A DOR
É SEMPRE
UMA CICATRIZ
COADJUVANTE
DAS NOSSAS
ESCOLHAS.

FOI AMOR

QUANDO ME CALO EXISTE UM MUNDO berrando em mim. Um mundo de sentimentos confusos que têm medo de aflorar, de sobreviver à flor da pele, envergonhados. Um mundo de incertezas que me dão cada vez mais a certeza de que devemos arriscar. E arriscar, nesse caso, não é pôr tudo a perder; é pôr tudo a ganhar. Aceito empatar.

QUANDO ME CALO, PODE TER CERTEZA: tenho um mundo de palavras querendo sair dos meus lábios (ou de minhas mãos) e invadir teus ouvidos. Essas palavras simplesmente não saem. Confesso: seria mais fácil se conseguisse expressar em palavras sonoras o que se passa neste meu mundo mudo que insiste em berrar engasgado no silêncio. Espero que, pelo menos, minhas palavras escritas consigam te confortar e te dizer que quando me calo, no fundo eu tento apenas confessar que eu te amo. E isso é precioso e perigoso demais para ser gritado ao vento.

O SILENCIO
SÓ É MUD
DA BOCA
PRA FOR

O SILÊNCIO SÓ É MUDO DA BOCA PRA FORA

ALGUMAS
DORES
PRECISAM
SER DEIXADAS
PRA LÁGRIMAS.

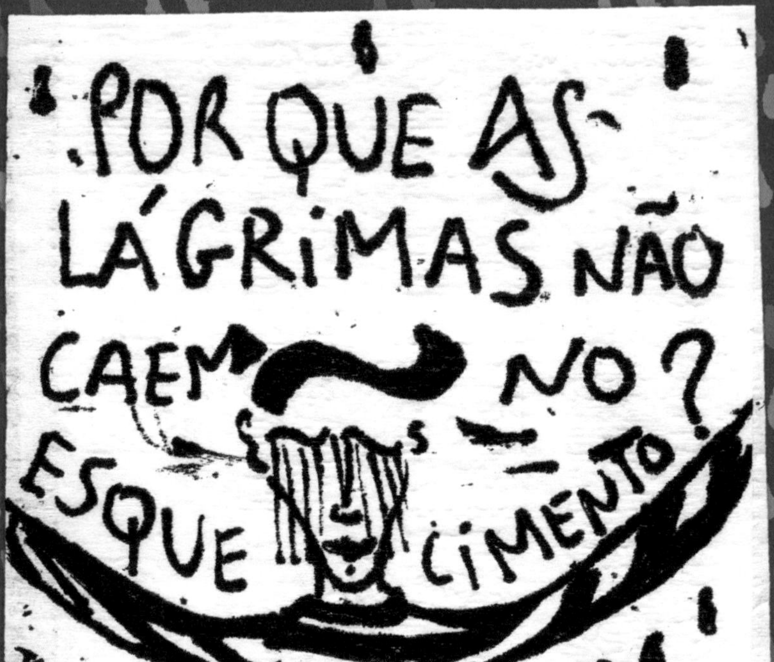
POR QUE AS
LÁGRIMAS NÃO
CAEM NO
ESQUECIMENTO?
ANTÔNIO

AINDA É MEDO
PARA DIZER QUE
JÁ É TARDE.

EU,
POR ALI.
VOCÊ,
POR AQUI.
E ASSIM
FOMOS
FELIZES

VOCÊ
SOME.
SÓ ME
RESTA
PROSSEGUIR
SOZINHO.

O FRIO GELAVA MEUS OSSOS E A GARGANTA. E aquela vontade de gritar eu te amo ficou em mim, aquecendo meus sonhos. Lembro que só você é capaz de me aquecer. (Só eu sou capaz de me esquecer.) E não precisa de cobertor: duas ou três palavras já bastam. O inverno chegou porque você não veio.

E NO MEIO DESTA TEMPESTADE,
ELE DISPAROU FEITO UM RAIO:
- EU AMO ESSA GAROA!

GOSTO DE CHUVA
DIAS CINZAS,
DIAS
VÃOS.

OU TEM AMOR
OU TEMPESTADE.

[BONSAI]

PASSO A FACA
EM RIMA FRACA:
CORTO VERSO
CORTO INVERSO
CORTO SÍLABA
CORTO CILADA

E ACORDO COM
A SENSAÇÃO
DE QUE ME
PODEI
DEMAIS.

QUEM SE ALIMENTA DE ILUSÕES VAI DIGERIR REALIDADES.

VÃO ME
FAZER
SONHAR:
REALIZAR.

FALANDO,
O MÁXIMO
É UM NÃO.

EM
SILÊNCIO,
UM
VÃO.

A GENTE PODIA JUNTAR
NOSSOS SILÊNCIOS. (MAS
QUEM TERÁ CORAGEM
DE QUEBRAR PRIMEIRO?)

(MAS) EU SÓ
VERSIFICO
PARA
VER SE FICO
MENOS SÓ.

TODO CUIDADO

É

OCO.

VOCÊ AINDA NÃO NASCEU, MAS JÁ SORRI como se conhecesse o mundo de cor, e já enxerga como se tivesse visto todas as cores do mundo, e até se comporta como se tivesse superado todas as dores do mundo. E ainda assim, sem ter começado a viver e ao mesmo tempo tendo vivido tão intensamente, ainda tem toda uma vida pela frente. Mas não se assuste. Pode se amedrontar sem medo: viver é justamente matar o que nos assusta e estamos aqui para te acompanhar. Por enquanto, você faz parte dos meus sonhos confusos e sua voz já ecoa pela minha realidade, pelos meus tímpanos, como se fosse me chamar a qualquer instante, e pode ter certeza de que a qualquer instante estarei lá, lá onde você estiver.

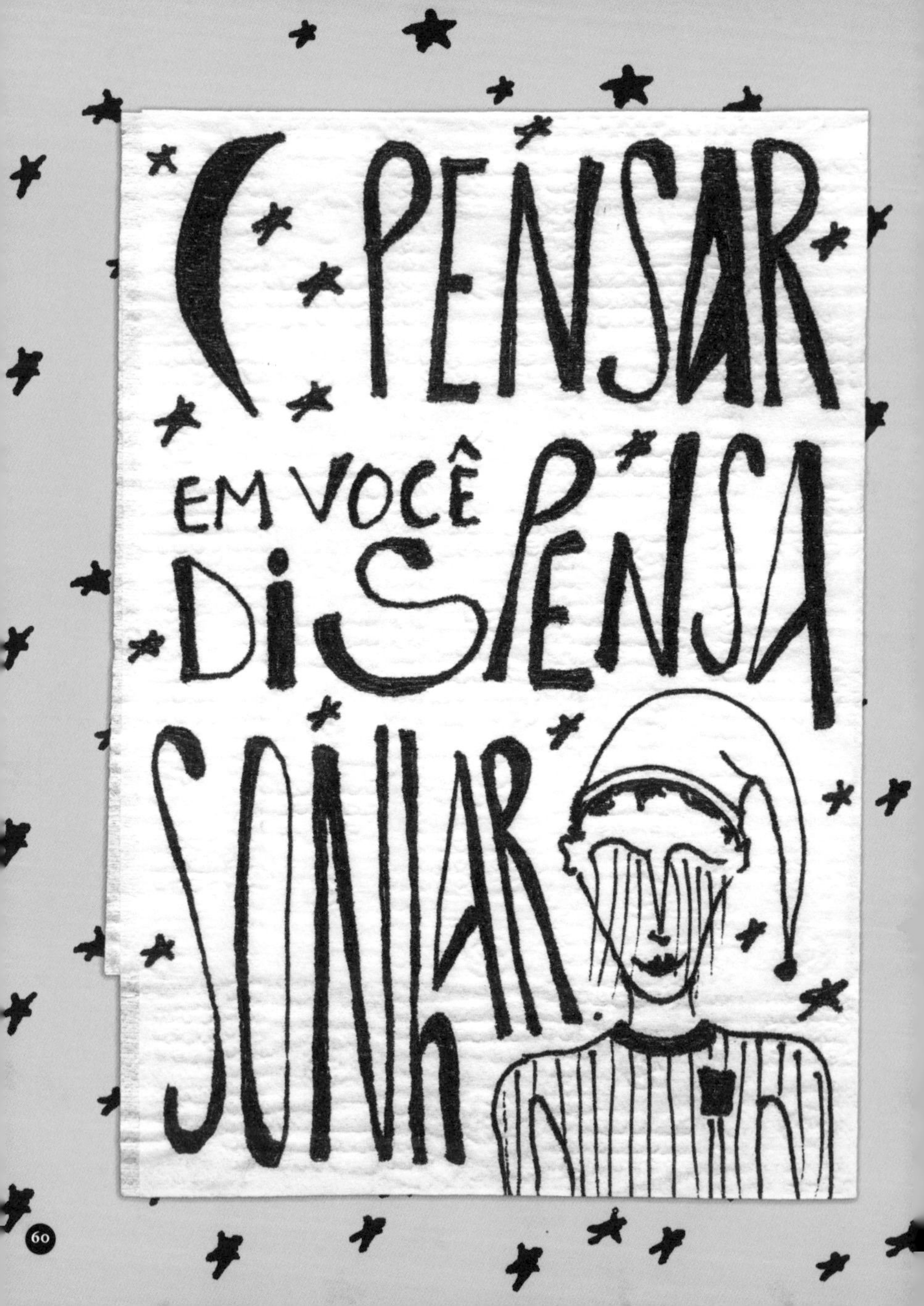
PENSAR
EM VOCÊ DISPENSA
SONHAR.

ACORDA:
A CORDA
SEMPRE ARREBENTA
PRO LADO DE QUEM
SONHA.

As coisas vão [illegible] viram futuro.

PARECE
QUE
O AMOR
BATE
À PORTA

E AO
MESMO
TEMPO
ESCAPA
PELA
JANELA

ARTE
É ESPELHO:
REFLETE A ALMA
DO QUE SOUL.
ÀS VEZES,
QUEBRA.

OLHANDO PARA OS MEUS OLHOS LACRI-
-MEJADOS,
AINDA
INSISTO
EM DEBATER
COM O ESPELHO QUE A
FELICIDADE
EXISTE.

conhecer isso também é fascinante. Só que p

claramente porque eu não sei o

quanto gostaria de ser ou quanto você merece que eu

uma delícia te olhar e te ter, mesmo sem dizer nada. Só

FOI BOM VÊ-LA SORRIR do outro lado da rua. Com o tempo vejo que a xícara enfiada lindamente nos seus dedos ainda está quente: a fumaça leve feito brisa confirma. Contemplo seu cigarro pousado nos seus lábios finos, dá um ar de intelectualidade. Parece ser o décimo sexto trago do seu dia. Quando uma mulher fuma um cigarro ou bebe um café, ela não está simplesmente fumando um cigarro ou bebendo um café, mas pensando na vida, naqueles amores que não deram certo, ~~naqueles filhos que chegaram antes da hora~~, ~~ou pior: naqueles velhinhos – pai e mãe – que partiram antes da hora~~. Fumo e aroma se confundem nas lembranças femininas, são sentidos de vida, o passado cortado feito o frame de um filme.

Ator coadjuvante: café!
protagonista: ela!

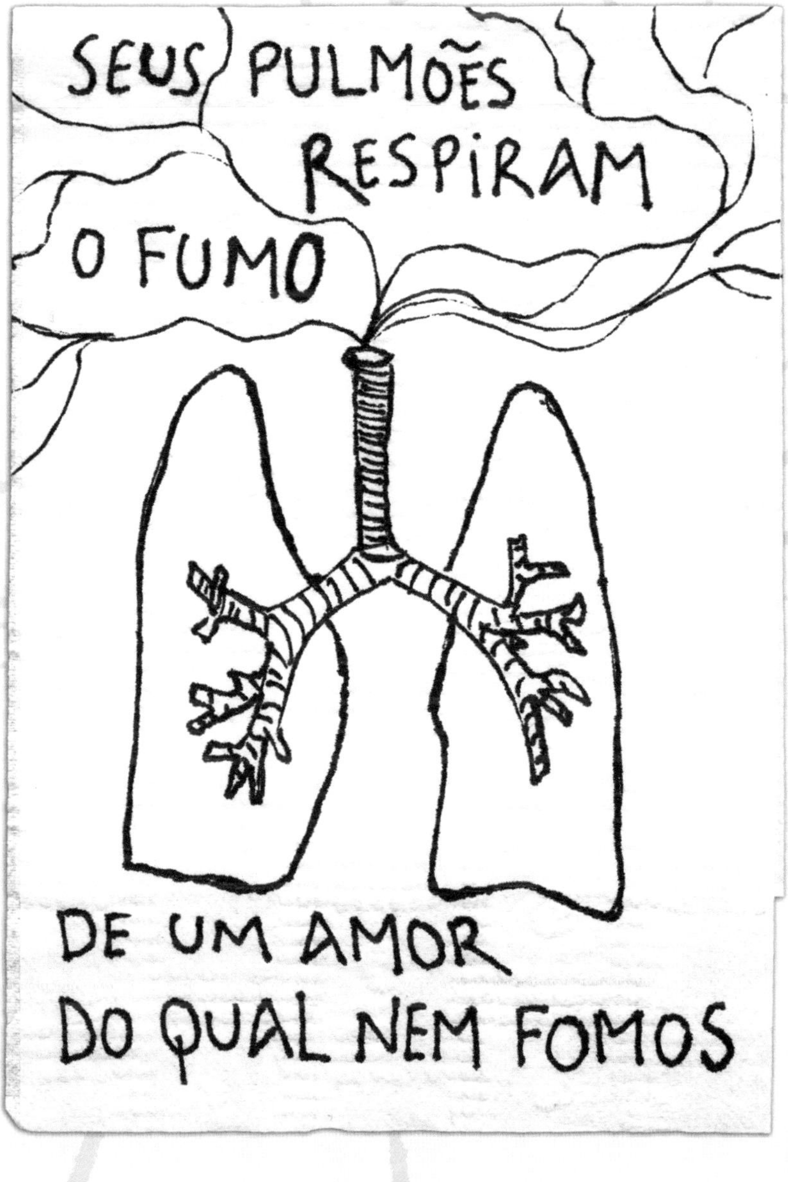
SEUS PULMÕES RESPIRAM
O FUMO
DE UM AMOR
DO QUAL NEM FOMOS

– E SE AGORA EU PERCO
O RUMO
É POR SABER QUE NADA
SOMOS

HÁ UM
CORAÇÃO SEM
FUNDO
AFUNDADO EM MEU PEITO
QUANDO APANHA
ALGUNS SEGUNDOS
EU ME BATO POR
INTEIRA!

SEI QUE TUDO É UM
SACRIFÍCIO: NOSSO
AMOR FOI SÓ UM
VÍCIO
SEI
QUE
O
NOME
DO NOSSO
FILHO
SERÁ ANTÔNIO
E TERÁ SEUS CÍLIOS

VOCÊ PARTE EM UM
NAVIO

E EU
FIQUEI
A VER
VAZIOS

EU ME
AFASTO E
ANUNCIO:
SEU ADEUS
É MEU
EXÍLIO.

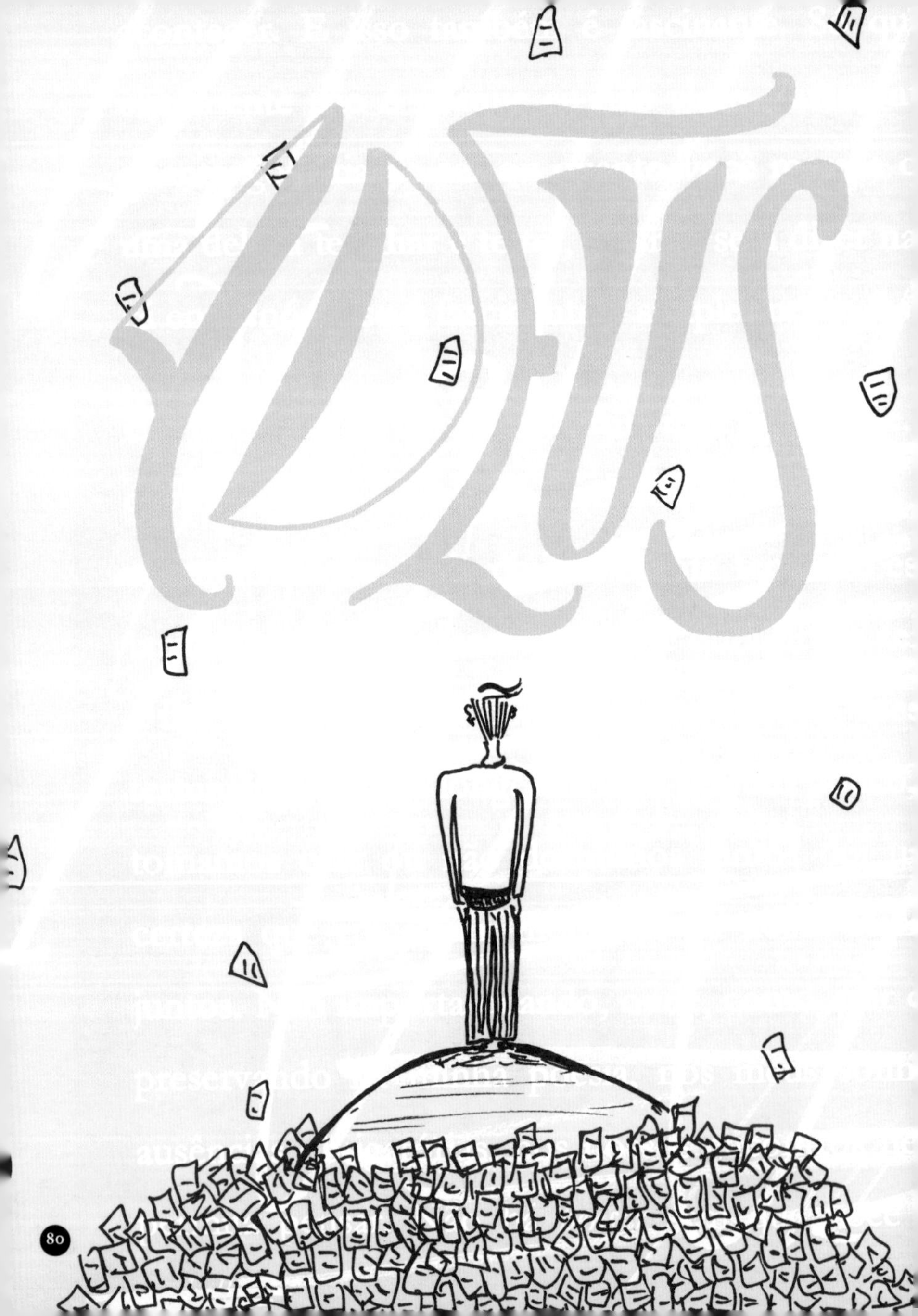

ELA TROUXE PALAVRAS BONITAS E ALGUNS CIGARROS. Trouxe também aquele sorriso de canto e contou algumas histórias engraçadas. Rimos tanto, tanto, tanto, entretanto ela pediu que eu esboçasse um gesto de entendimento: eu não conseguia entender uma palavra sequer. Ela apagou seu último cigarro com a naturalidade de quem está acostumada a enterrar os primeiros amores. Rasgou meus contos ainda não escritos e escreveu no espelho, com a delicadeza de uma mão trêmula, eu te amo tanto que prefiro não te estragar. Adeus. Depois de rir e vir tantas vezes pelo meu mundo, desapareceu levando os silêncios, as cinzas, os contos e esse coração aprendiz que, de tanto esperar, desaprendeu a ter paciência.

NA PAREDE
ESTAVA
ESCRITO: «TE AMO»
ANTÔNIO
FOI UM LIDO
ENGANO.

Haveria amor
se não houvesse
a possibilidade
de
um
fim?

COMO NÃO QUERER QUE A GENTE SE DILUA

SE ATÉ ESSE SOL É DE LUA?

AiNDA
CABE
AMOR
AN TES
QUE ESSE
AMOR
ACABE

AMOR.
MESMO
EM
ATRASO
AINDA
ESTÁ DENTRO
DO
PRAZO.

a gente quase se afoga,
mas, no fim, se afoga para recomeçar.

caderno de batismo e al

ANTÔNIO / 2014

POR QUE
ENDEUSAR
AQUILO QUE
PODEMOS
SIMPLESMENTE
CHAMAR DE
AMOR?

POUCO
CONTATO
CONTANTO
MUITA
SAUDADE

AFAGUE-
ME
OU

NO FUNDO,
TODA SAUDADE MORRE AFOGADA.

DOIS CORPOS OCUPAM O MESMO PASSO.
simplesmente. Simplesmente preciso de você.
envolver e dos seus lábios que nem sempre pode
nem sabem se estão dispostos a despertar em

eu não quero que você fuja.
eu não quero que você fuja.
eu não quero que você fuja.

QUANDO ESCUTO AS NOSSAS MÚSICAS, quero te abraçar, te envolver, quase querendo te proteger de um mal que parece não existir quando estamos juntos; e te apertar até você sumir em mim e nunca mais sair daqui de dentro. Te apertar, firme, até você ser a minha voz e dizer que me ama; até você bater no mesmo compasso do meu coração e viver aqui dentro para sempre; até você ser os meus pés e seguir os meus passos e me levar para onde você quiser fugir. E não querer fugir.

pra sempre, pra sempre,
pra sempre, pra sempre.

eu quero fugir

É VOCÊ

traz
a minha
paz.

O PARAÍSO É UM
LUGAR MÓVEL.

É SEMPRE ONDE
A GENTE SE ENCONTRA.

O MELHOR LUGAR DO MUNDO NUNCA FOI UM LUGAR!

FAT TIRE BIKE TOURS

A DIVAGAR
PROCURO UMA
VAGA
PARA ESTACIONAR
EM VOCÊ
DEVAGAR.

LiBERDADE

SABE O DESTINO?
SIGA,
ENFRENTE

VOCÊ É MAIS BONITA DO QUE TODAS as coisas bonitas. É mais bonita que o mar quando ancora no cais do seu coração que, no peito, leva e traz amores distantes, e saudades eternas dos nossos próximos instantes. E, quando a vejo na beira do caos, você se aproxima e, meio sem jeito, me pede um cigarro, um isqueiro, um lenço, um beijo e um imenso abraço. Eu embarco no último navio e atraco na grandeza do mundo que nos separa.

Ainda sinto a sua falta. Ainda tateio o seu seio invisível no vazio deste quarto. Ainda trepo com o seu fantasma. Não porque você é mais bonita do que todas as coisas bonitas, mas porque você cabe tão bem no que eu sinto, cabe também no que eu minto. A grande verdade, pequena, é que você é mais bonita do que a verdade.

SEUS OLHOS
SÃO A
MINHA
POESIA

QUANDO
VOCÊ
ACORDA,
ELA
TAMBÉM
DES
PERTA.

PARA NUNCA
ME FALTAR
INSPIRAÇÃO,
VOCÊ PRECISA
SEMPRE
ME FAZER
FALTA.

ME ENCONTRO
NA SUA
PROCURA.

O LADO,
DE LÁ É TÃO
AQUI AO LADO
DE LA.

O BOM
DE VIRAR
SAUDADE
É QUE HÁ
VOCÊ DO OUTRO
LADO.

QUER QUEIRA
QUER
NÃO,
TEM
SEMPRE
UMA
BRITADEIRA
QUANDO
ABRO
O
MEU
CORAÇÃO.

NÃO EXISTE
AMOR
QUEBRADO.
OU É AMOR
OU NÃO É.

CORAÇÃO
MADURO
NÃO BRINCA
COM
SENTI
MEN
TOS.

O amor
também
acontece
quando é
tarde
demais.

CONFIO
SiGAMENTE
NO MEU
DESTiNO.

NA SAÚDE E
NA DOENÇA.
NA SAUDADE
E NA
PRESENÇA.
O AMOR
É MENOS
DO QUE É
E MAIS DO QUE
VOCÊ PENSA.

O TEMPO INTEIRO FOMOS NOSSAS METADES.

ASSIM...
SE TE DEIXEI
LIVRE
É
PARA
VOCÊ POUPAR
EM
MIM.

olha, eu venci,
olha, eu
venci

ACHEI QUE VOCÊ SERIA UMA PEQUENA BAILARINA e rodopiaria, distraída, pela imensa calçada dessa avenida confusa que é a vida. E diria: "olha, eu venci, eu venci, olha, eu venci". Claro que venceu! Quem mais teria a sua coragem de convencer aquele medo de não dar certo que tudo pode dar certo. E deu (né, deus?). Quem mais teria a sua coragem de encarar a própria timidez para vencer e convencer os idiotas que cada escolha é uma bagunça. ô, xé!

Você parece uma dançarina russa: tem as penas e as pernas do tamanho do mundo e se curva diante de uma plateia que fala outra língua. Interpreta *O lago dos cisnes* com maestria, mas eles cismam em dizer que você tropeçou no primeiro ato, e aplaudem o seu mérito sem mérito algum: as palmas estalam por mera educação. Bobos são eles que não sabem a beleza de tropeçar no chão e continuar em pé, no céu, até o fim, até as cortinas cortarem a plateia, até você se enfiar no corredor do banheiro e esfregar toda a vergonha no camarim, até trocar de roupa e cheirar o pó dos seus sonhos etéreos e rir desesperada dos seus desesperos eternos no colo da camareira, até deixar a maquiagem afundar no lago salgado das suas lágrimas e receber o carinho ilusório de todos os cisnes: não chora, pequena bailarina, você é maior do que o mundo!

— muito maior!

FELIZ
É A LÁGRIMA
QUE SE LEVANTA
QUANDO
CA
(Ai!)
ANTÔNIO

UM DIA, EU ME ACERTO.
NINGUÉM É DE ERRO.

ANTÔNIO

AS NOSSAS FALHAS
TAMBÉM PODERIAM
CAIR NO OUTONO.

QUANDO VOCÊ FICA TRISTE, SÓ CHOVE DOS SEUS OLHOS PRA BAIXO.

TE ARRANQUEI
UM SORRISO
E VOCÊ NEM
CHOROU.

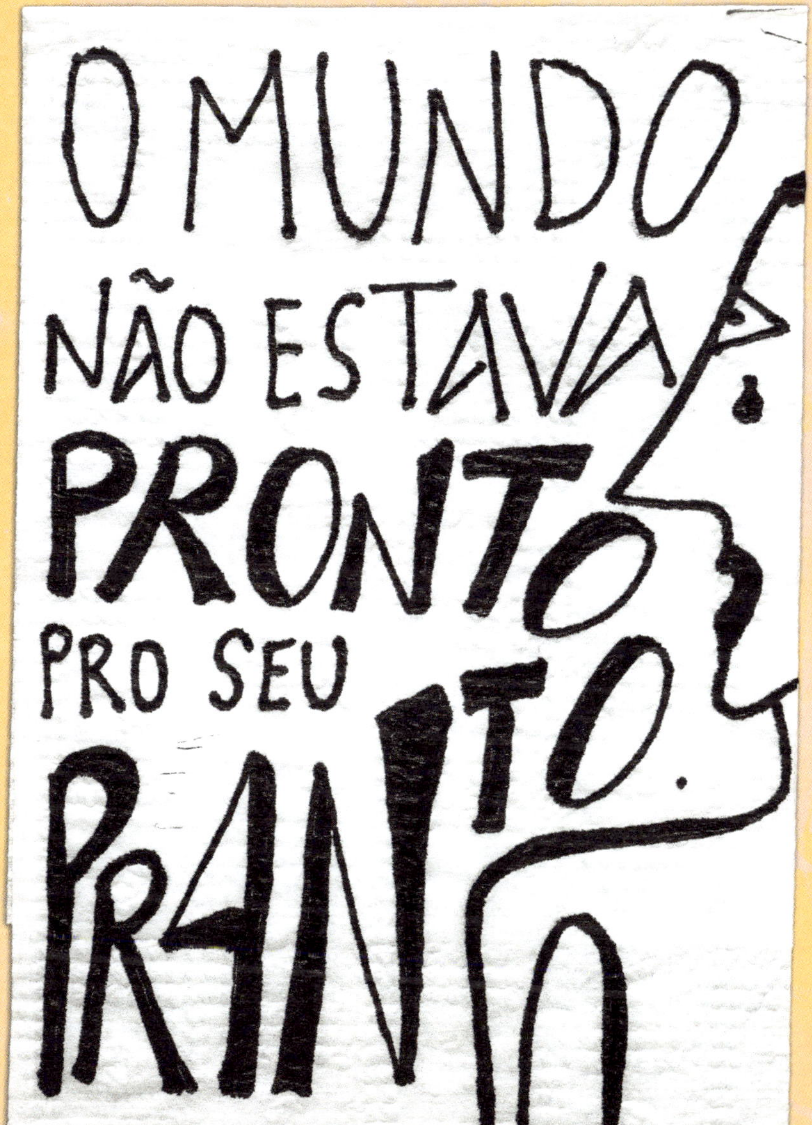
O MUNDO
NÃO ESTAVA
PRONTO
PRO SEU
PRANTO.

O AMOR
HÁ DE VENCER
UMA SÓ
VEZ.

SÓ OS
QUE OUSAM
E PERDEM,
E GANHAM.

SAIBA QUE ENTRE A PRIMEIRA LETRA e o último ponto (não o ponto final: essa história não tem fim) muitas coisas não foram ditas: e nem serão. Muitas coisas não foram escritas: e nem serão. A beleza do mistério preserva a eternidade dos grandes amores. E os grandes amores têm a vida inteira para começar ou terminar de se amar, sem mistério.

você existe.

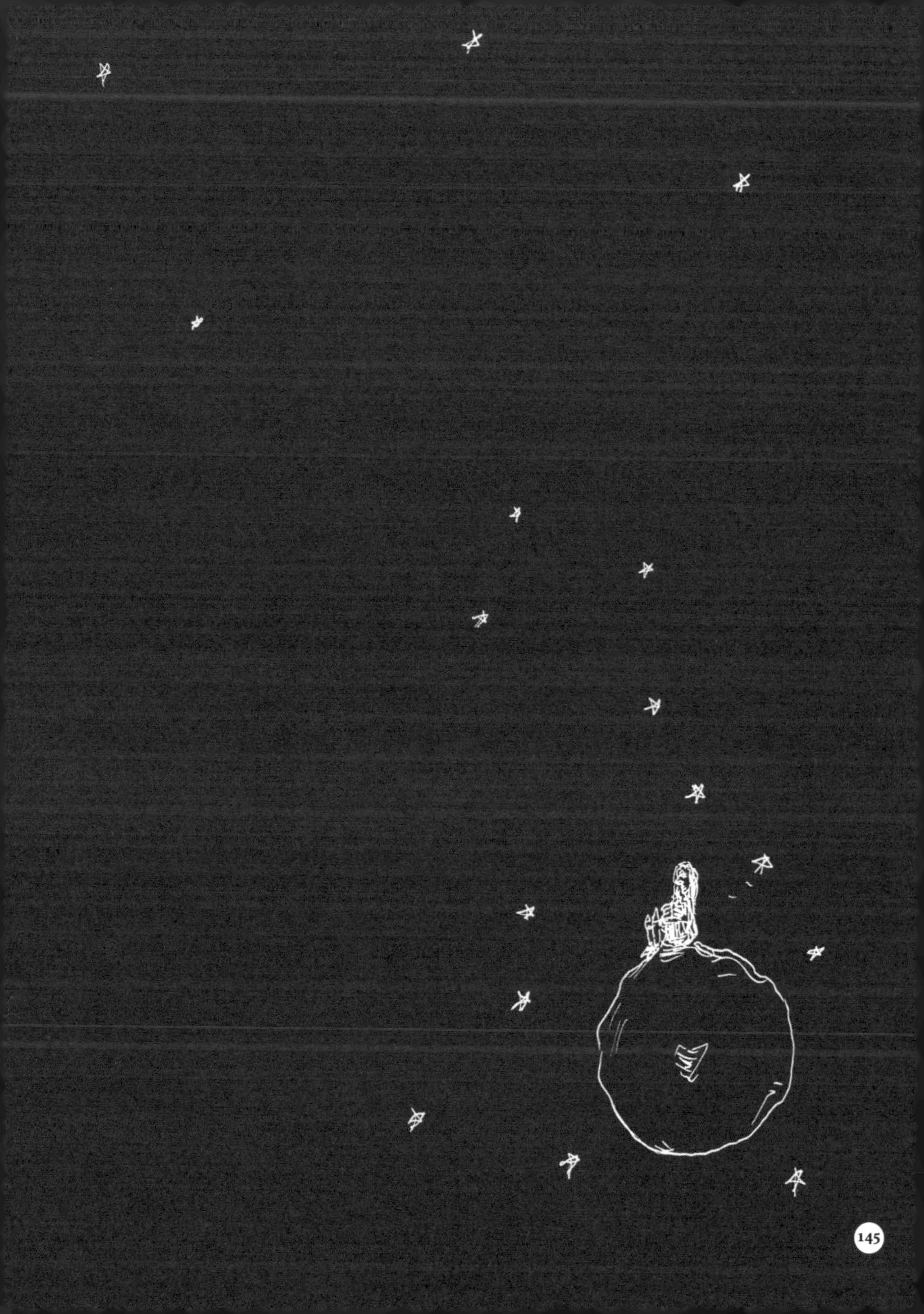

Você existe em algum lugar preciso

VOCÊ EXISTE EM ALGUM LUGAR
EXISTE

VOCÊ EXISTE EM ALGUM LUGAR

Em mil:

VOCÊ EXISTE EM ALGUM LUGAR

VOCÊ EXISTE
EM ALGUM LUGAR

um poema

VOCÊ EXISTE
EM ALGUM LUGAR

UM POEMA
INACABADO

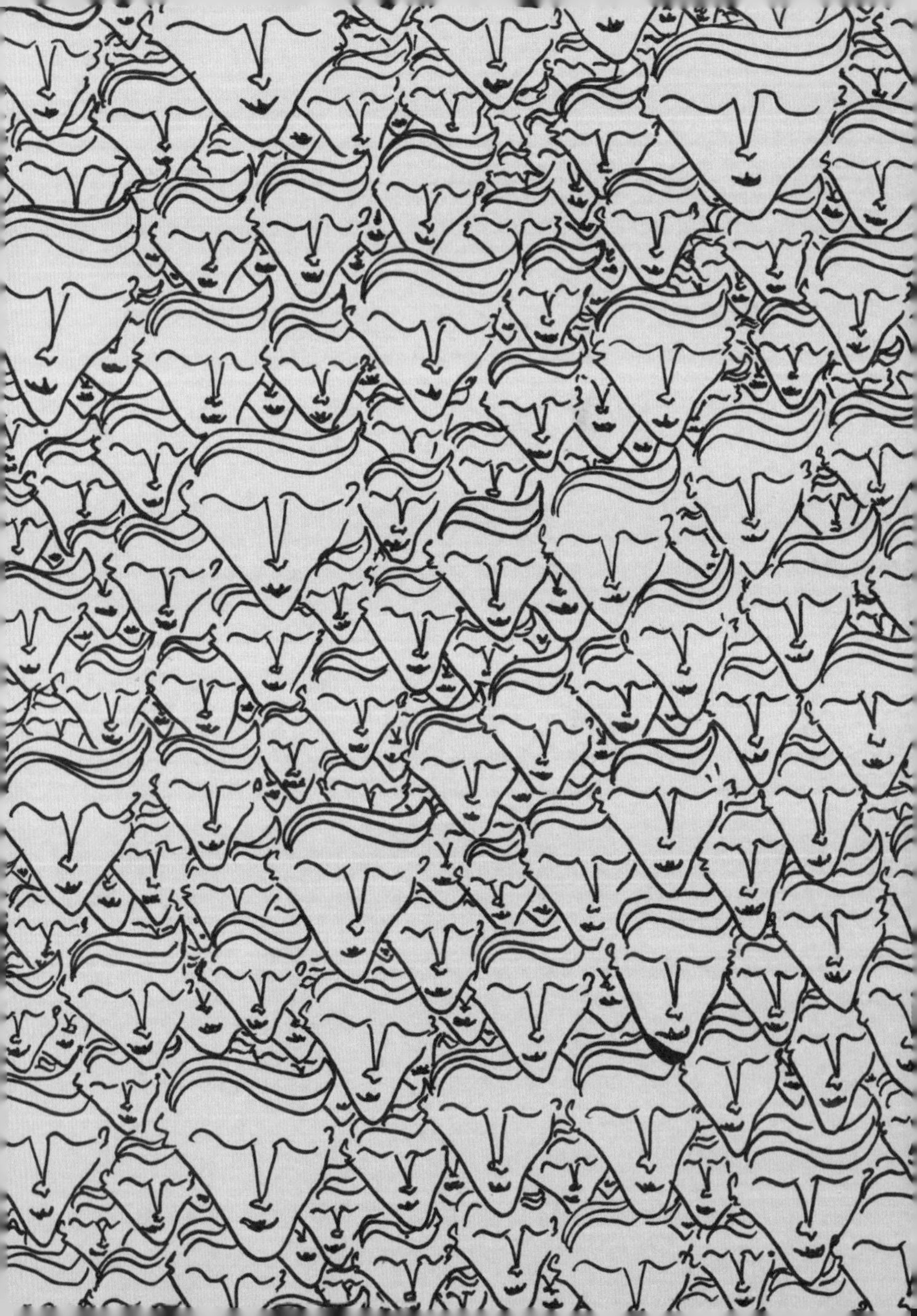

LEMBRANÇA PORTÁTIL

ANTÔNIO

A Alma Encantadora
RADUAN NASSAR LAVOURA ARCAICA
FRANCISCO J. C. DANTAS
O PROCESSO DE SÓCRATES
HISTÓRIA SOCIAL DA LOUCURA
Como Vejo o Mundo
O DIREITO DE SONHAR
herbert marcuse
PEDRO NAVA BAÚ DE OSSOS
SAGARANA
GUIMARÃES ROSA
JOÃO GUIMARÃES ROSA AVE, PALAVRA
cartas graciliano ramos
ALEXANDRE E OUTROS HERÓIS
SÃO BERNARDO
VIDAS SECAS
GRAÇA
ARMADILHA PARA LAMARTINE
O Teatro dos Vícios
NIETZSCHE: A Critical Reader
Nietzsche's philosophy of art
AGAINST THE CURRENT
In Praise of Idleness Bertrand Russell
La transfiguration du politique
the geopolitical aesthetic fredric jameson
A ÉTICA PROTESTANTE E O ESPÍRITO DO CAPITALISMO MAX WEBER
The Sociology of Religion MAX WEBER

Um dia você deixou escapar que sentia vergonha por nunca ter lido um clássico.

Eu fiquei vermelho, mas admiti que não dava importância aos livros importantes. Aliás, não me lembro de ter lido nada de muito grandioso nos clássicos.

Achávamos chato qualquer livro com mais de 256 páginas e doze personagens, lembra? *Guerra e paz* ainda espera nossos olhos. Se depender da nossa vontade, Moscou morrerá de frio. E, com todo o respeito, que se foda Napoleão.

Dom Quixote ainda tenta chamar a nossa atenção com aqueles moinhos gigantes. Sancho tem um nome fofo. Meu cachorro teria esse nome. Se fosse um bulldog, claro! E, pra mim, Cervantes será sempre um restaurante em Copacabana não um autor de bacana!

E você ri. E eu também! E a gente se beija.

Ah, e eu não me esqueço daquele silêncio homérico quando contei que não li a *Ilíada* e que não entendi porra nenhuma da *Odisseia*. Prefiro mil vezes o Stanley mandando gregos e troianos fantasiados de macaco pro espaço.

Releve os palavrões. Se eu fico encabulado? Um pouco, confesso.

Mas li o poema que você escreveu pra mim quando nem sonhávamos em sonhar em estar juntos um dia – se é que já estivemos juntos um dia. E aqueles versos bobos talvez sejam a coisa mais linda que li até hoje.

Neruda que me perdoe.
Quintana que me desculpe.
Drummond que não me julgue.
Aquele seu poema é o único clássico que tem espaço cativo e afetivo na minha estante: entre o *Liberdade*, de Franzen, e o *Eu hei-de amar uma pedra*, de Lobo Antunes. E é lido todos os dias desde o dia que não nos vimos mais.

Quando leio: “Amado, Antônio, o mundo é tão estúpido que as pessoas precisam amar.” Eu tremo. Quando releio “Antônio, amado, o mundo é tão estúpido que eu não posso te amar.” Eu choro.

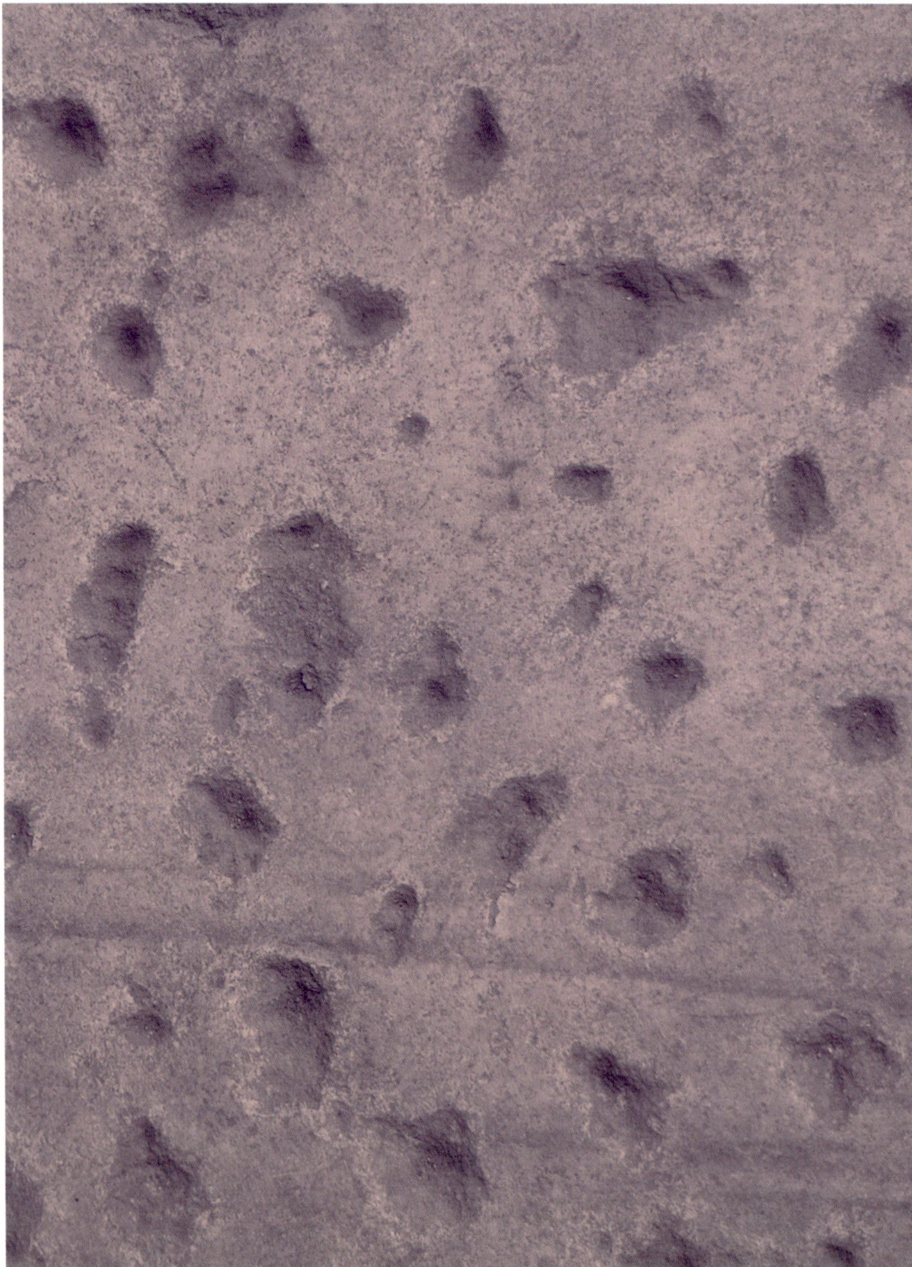

E essa fala ainda reverbera nitidamente feito berro silencioso nos meus tímpanos de menino. Eu ouço a sua voz declamar cada verso, como se fosse rasgar minha memória. E rasga.

Um dia você deixou escapar que sentia vergonha por nunca ter lido um clássico.

Eu tenho vergonha dos que nunca leram um poema seu.

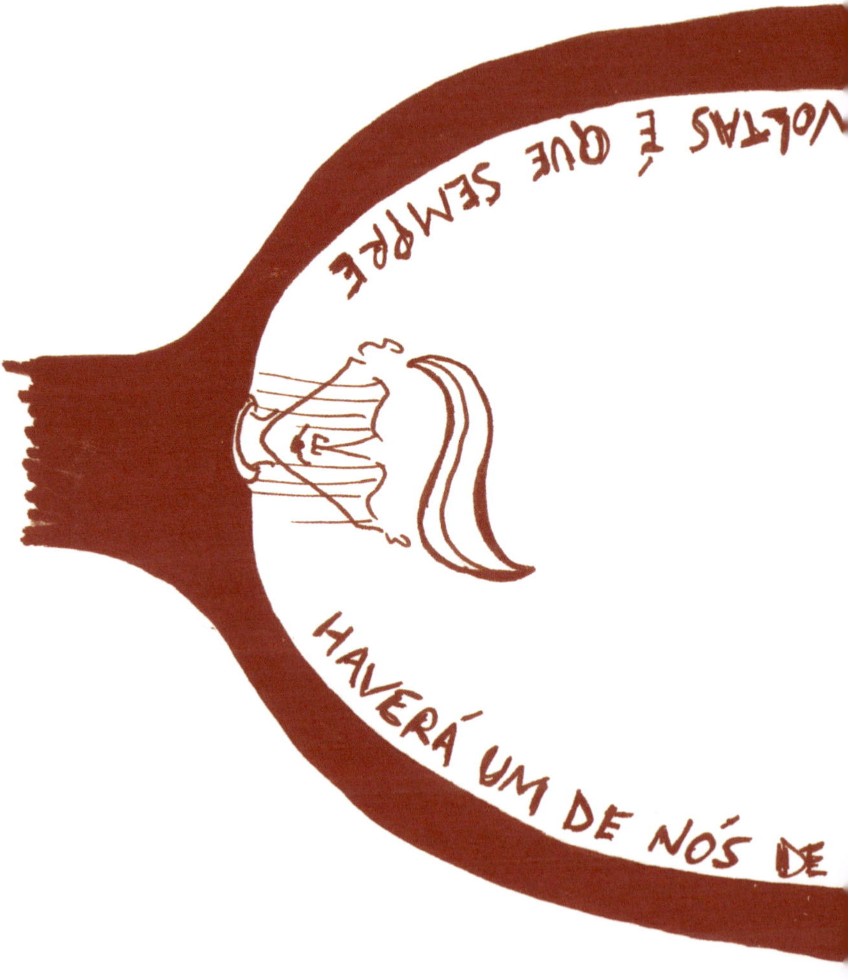
VOLTAS É QUE SEMPRE
HAVERÁ UM DE NÓS DE

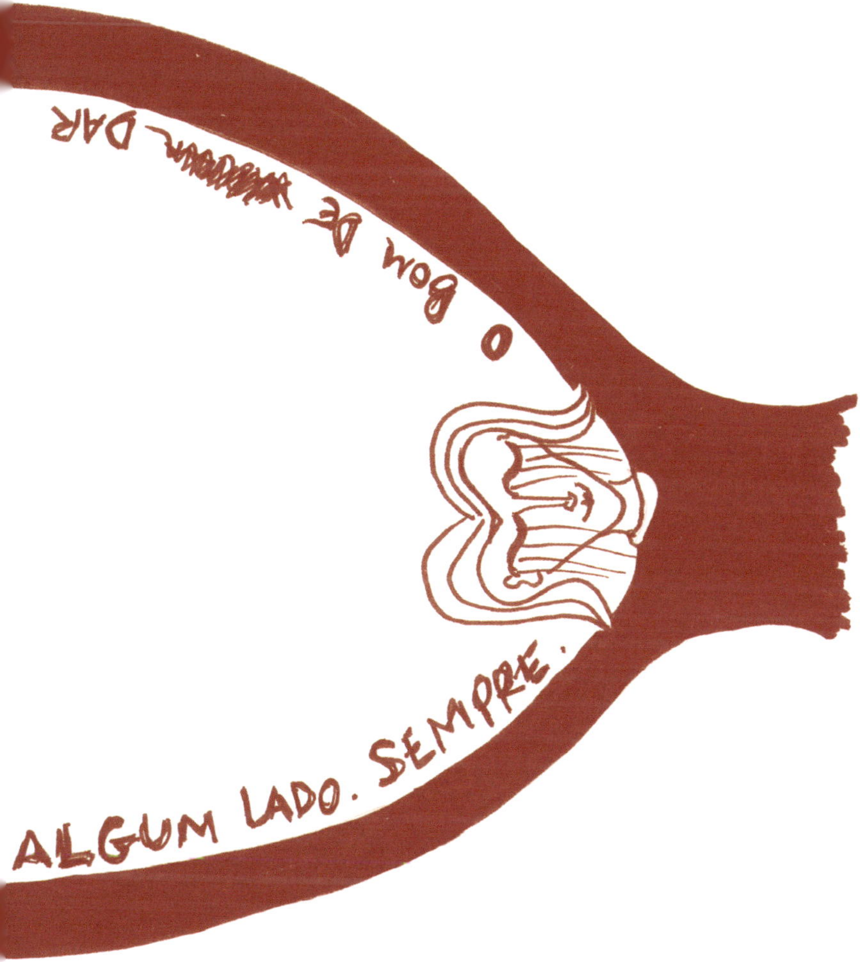
O BOM DE DAR
ALGUM LADO. SEMPRE.

Sumário

11 • Poeta é feito de si e silêncio.

12 • Anoiteceu a lua.

13 • Acontece que, quando anoitece, o dia se abastece de "ai, se eu pudesse".

15 • [Precisei abastecer a sua ausência.]

17 • O fim é sempre de quem diz. Quem ouve, continua.

18 • Vide: o amor também se divide.

19 • Se você me fosse, eu te voltaria.

20 • Quem se alimenta de ilusão não digere a realidade.

21 • Se a gente se fosse, quem ficaria?

22 • Céu cinza nuvens negras noite em branco tudo azul porque eu te amo.

23 • Pensar em você é uma tempestade. Não pensar consegue ser pior.

24 • A dor é sempre uma cicatriz coadjuvante das nossas escolhas.

25 • Ferida aberta. Foi amor na certa.

26-27 • [Quando me calo.]

29 • O silêncio só é mudo da boca pra fora.

31 • Algumas dores precisam ser deixadas para lágrimas.

32 • Por que as lágrimas não caem no esquecimento?

33 • Esqueça-me.

34 • Ainda é medo para dizer que já é tarde.

35 • Eu, por ali. Você, por aqui. E assim fomos felizes.

37 • Você some. Só me resta prosseguir sozinho.

39 • [O frio gelava meus ossos.]

41 • E no meio desta tempestade, ele disparou feito um raio: eu amo essa garoa!

42-43 • Gosto de chuva, dias cinzas, dias vãos. Ou tem amor ou tempestade.

45 • Passo a faca em rima fraca: corto verso corto inverso corto sílaba corto cilada. E acordo com a sensação de que me podei demais.

46 • Quem se alimenta de ilusão não digere a realidade.

47 • Não me faça sonhar: realize-me.

50-51 • Falando, o máximo é um não. Em silêncio, um vão.

53 • O amor é meio que um começo sem fim.

54 • A gente podia juntar nossos silêncios. (Mas quem terá coragem de quebrar primeiro?)

55 • (mas) Eu só versifico pra ver se fico menos só.

57 • Coração vazio: todo cuidado é oco.

59 • [Primeira primavera.]

60 • Pensar em você dispensa sonhar.

61 • Acorda: a corda sempre arrebenta pro lado de quem sonha.

62 • As coisas não passam. Viram futuro.

63 • O que me move é o que fica.

64-65 • Parece que o amor bate à porta. E ao mesmo tempo escapa pela janela

66 . Arte é espelho: reflete a alma do que soul. Às vezes, quebra.

67 . Olhando para os meus olhos lacrimejados, ainda insisto em debater com o espelho que a felicidade existe.

69 . [Foi bom vê-la sorrir.]

71 . Seus pulmões respiram o fumo de um amor do qual nem fomos.

72 . E se agora eu perco o rumo é por saber que nada somos.

73 . Há um coração sem fundo afundado em meu peito. Quando apanha alguns segundos, eu me bato por inteiro.

74 . Sei que tudo é um sacrifício: nosso amor foi só um vício. Sei que o nome do nosso filho será Antônio e terá seus cílios.

75 . Você parte em um navio.

77 . E eu fiquei a ver vazios.

79 . Eu me afasto e anuncio: seu adeus é meu exílio.

81 . [Ela trouxe palavras bonitas e alguns cigarros.]

83 . Na parede estava escrito: "eu te amo". Foi um lido engano.

85 . Haveria amor se não houvesse a possibilidade de um fim?

86 . Como não querer que a gente se dilua se até esse sol é de lua?

88 . Ainda cabe amor antes que esse amor acabe.

89 . Amor. Mesmo em atraso ainda está dentro do prazo.

92 . Por que endeusar aquilo que podemos simplesmente chamar de amor?

93 . Pouco contato contanto muita saudade.

94 • Afague-me ou afogue-me

97 • [Quando escuto as nossas músicas.]

98-99 • É você quem leva e traz a minha paz.

101 • O melhor lugar do mundo nunca foi um lugar.

103 • A divagar procuro uma vaga para estacionar em você devagar.

105 • Sabe o destino? Siga, enfrente.

107 • [Você é mais bonita do que todas as coisas bonitas.]

108-109 • Seus olhos são minha poesia. Quando você acorda, ela também desperta.

110 • Para nunca me faltar inspiração, você precisa sempre me fazer falta.

111 • Me encontro na sua procura.

112 • O lado de lá é tão aqui ao lado dela.

113 • O bom de virar saudade é que há você do outro lado.

115 • Quer queira quer não, tem sempre uma britadeira quando abro o meu coração.

117 • Não existe amor quebrado. Ou é amor ou não é.

118 • Coração maduro não brinca com sentimentos.

119 • O amor também acontece quando é tarde demais.

120 • Confio sigamente no meu destino.

121 • Sentimento, sem ti minto.

122 • Na saúde e na doença. Na saudade e na presença. O amor é menos do que é e mais do que você pensa.

123 • O tempo inteiro fomos nossas metades.

124 • Assim... se te deixei livre é para você pousar em mim.

127 • [Para uma pequena bailarina russa.]

128 • Feliz é a lágrima que se levanta quando cai. (Ai!)

131 • Um dia, eu me acerto. Ninguém é de erro.

132 • As nossas falhas também poderiam cair no outono.

135 • Quando você fica triste, só chove dos seus olhos pra baixo.

136 • Te arranquei um sorriso e você nem chorou.

137 • O mundo não estava pronto pro seu pranto.

138 • O amor há de vencer. Vem ser amada.

139 • Só os que ousaram te perder, te ganharam.

141 • [Saiba que entre a primeira letra e o último ponto.]

142-157 • [Poema progressivo:] Você existe. Em algum lugar, existe. Está lá e, ao mesmo tempo, aqui: Em mim: Feito um órgão vital ou um poema inacabado.

161-177 • Lembrança portátil

AGRADECIMENTOS

SE NO MUNDO ESPORTIVO o segundo carrega a amargura de uma quase vitória, na literatura poder publicar um livro depois do primeiro é um privilégio. Agradeço à Editora Intrínseca por me dar todas as condições de realizar mais uma etapa do meu sonho.

Desde o ano passado, tive a oportunidade de passar por diversas cidades do Brasil e ter um contato mais direito com vocês que me acompanham diariamente pelas redes sociais. Palavras não seriam suficientes para descrever o bem que me fizeram.

Obrigado por vocês terem saído do mundo virtual e ido às livrarias. Obrigado por acreditarem no meu primeiro livro e, assim, terem possibilitado a publicação do *Segundo.* A gentileza (e a paciência!) de cada pessoa que ficou na fila para pegar um autógrafo ou simplesmente me dar um abraço, os presentes que ganhei, os sorrisos que pude ver, as lágrimas de felicidade estampadas no rostinho de cada um... Isso é indescritível!

Ah, amigos e amigas reais ou virtuais, saibam que todos os agradecimentos que coloquei no primeiro livro continuam válidos para este segundo, viu? Mas, o bom da vida é que ela possibilita novos encontros; uns efêmeros, outros eternos. Michele, espero que o nosso seja para sempre.

Obrigado, **PEDRO GABRIEL**

CAPA E PROJETO GRÁFICO Laura Escorel
ILUSTRAÇÕES DE CAPA Pedro Gabriel
REPRODUÇÃO FOTOGRÁFICA Thales Leite
DIGITALIZAÇÃO E TRATAMENTO DE IMAGENS Ô de Casa
REVISÃO Kathia Ferreira
FOTO DE ORELHA Leo Aversa
CRÉDITO DAS FOTOGRAFIAS
pp 16 | 23 | 30-31 | 40-41 | 84-85 | 124-125 | 134-135 | 162 | 164 | 168 | 170 | 172 | 176 © Laura Escorel
pp 34-35 | 82-83 | 86-87 | 98-99 | 102-103 | 166 | 174 © Livia de Almeida

CIP-BRASIL. CATALOGAÇÃO NA PUBLICAÇÃO
SINDICATO NACIONAL DOS EDITORES DE LIVROS, RJ

G117s

Gabriel, Pedro

Segundo – Eu me chamo Antônio / texto e ilustrações Pedro Gabriel. – 1ª ed. – Rio de Janeiro: Intrínseca, 2014.

192 p. : il. ; 18 cm.

ISBN 978-85-8057-629-0

1. Técnicas de autoajuda. I. Título.

14-16200 CDD: 158.1
CDU: 159.947

[2014]

Rua Marquês de São Vicente, 99, 3º andar
22451-041 – Gávea Rio de Janeiro – RJ
Tel./Fax: (21) 3206-7400 www.intrinseca.com.br

1ª edição	NOVEMBRO DE 2014
impressão	GEOGRÁFICA
papel de miolo	PERFECT $120G/M^2$
papel de capa	CARTÃO SUPREMO ALTA ALVURA $250G/M^2$
tipografia	MINION